나의 바람

나의 바람

IK WOU

잉그리드 고돈 그림 ǀ 톤 텔레헨 글 ǀ 정철우 옮김

삐삐
북스

Voor Joke, Pieter en Jef
요케, 피터르와 예프에게 바칩니다.

잉그리드 고돈Ingrid Godon은 날 때부터 관찰하기를 좋아했다. 사람들의 눈과 얼굴, 자세를 유심히 보고 자신의 예술작품에 기록한다. 플랑드르파Flemish Primitives와 훌륭한 이탈리아 르네상스 화가들, 사진작가 노르베르트 지솔란트Norbert Ghisoland에 영감을 받아 절제된 감정과 애달픈 약점을 그려낸다. 잉그리드 고돈의 강렬한 그림은 엄청난 심각함과 기묘함으로 가득하며 보통 사람들에 대해 커다란 연민을 보여준다.

톤 텔레헨Toon Tellegen은 이 짧은 글로 잉그리드 고돈이 그린 여러 얼굴 뒤에 숨어 있는 이야기를 찾아냈다. 그 얼굴들의 가장 개인적인 생각과 욕망을 노련하게 글 속에 표현했다. 한 아이는 이렇게 말한다. "나는 용기가 더 있으면 좋겠어요. 평범한 용기. 영웅적이거나 무모하지 않은 흔한 용기." 톤 텔레헨의 공상과 생각의 흐름은 추상화 인물의 눈에 담긴 두려움, 분노, 욕망, 애잔한 놀라움을 멋진 언어로 바꾸어 표현한다.

나의 바람은

하늘을 향해 뻗은 두 팔
그 위로 빨간 줄이 대각선으로 그어 있고
그 밑에는
"절망하는 사람은 처벌한다."
라고 쓰인 표지판이 사방에 걸려 있으면 좋겠어요.
그런데도 절망하는 이가 있다면
붙잡아 감옥에 가둘 거예요.
나는 절망을 좋아하지 않아요.
절망을 담당하는 특별 경찰이 있어서
"음, 보아하니 너무 지치고 힘들어서
절망에 빠졌구…. 경찰서로 가자고!" 하겠죠.
만약에, 혹시라도 내가 다시 절망한다면
아무도 나를 못 보게 할 거예요.
밤이 되고, 침대에 누워
내가 이불을 뒤집어쓸 때까지 기다릴 거예요.
나와 다른 사람들 사이에
다시는 아무 일도 없을 거라는
확신이 들 때까지.

나의 마지막 바람이에요.

내가 죽으면, 사람들이 얼마나 오랫동안 나를 생각하는지

확인하고 싶어요.

그것을 알려 주는 기계도 있을 거예요.

아직은 없어요. 하지만 내가 죽을 즈음엔 있겠죠.

내 말 잘 들어요.

기억의 전화.

1년 10일 16시간 19분 뒤,

띠링 띠링 띠링 띠링.

이제는 아무도 내 생각을 하지 않는다는 뜻이에요.

나는 영원히 잊힌 거예요. 삭제됐다고 하죠.

그런데 만약에 어느 날 누군가 실수로, 아주 잠깐, 나를 생각한다면

어떤 사람이 사진 속 나를 가리키며 "저 사람은 누구야?"라고 묻는 바람에

누군가가 머리를 쥐어짜서 억지로 그게 나란 걸 기억해 낸다면,

그건 날 생각하는 게 아니에요.

한 번 사라지면 영원히 사라진 거예요.

나는 신을 믿지만, 신이 없다는 걸 증명할 수 있어요.

　　모두가 내 말을 믿어요. "그래, 네 말이 맞아. 신은 없어….

　　이러쿵저러쿵 다툴 일도 아니야…. 우리는 그걸 왜 몰랐을까…."

　　그러면 신은 내 차지가 되죠.

　　밤에 침대에 누워 그날 있었던 일을 신에게 얘기하면

　　신은 화가 나서 나를 떠나려고 해요.

　　내가 신에게 큰 실망을 주었으니까요.

　　신은 이불 밑에서 퍼덕퍼덕 요동을 쳐요.

　　마치 물에서 나온 물고기처럼요.

　　"당신은 아무 데도 갈 데가 없어요. 아무도 신을 믿지 않으니까요…."

　　내가 말하죠.

　　잠시 뒤 신은 요동치는 것을 멈춰요.

　　꼭 물에서 나온 물고기처럼요.

　　자꾸 나는 신이 불쌍해서 속삭여요.

　　"불쌍한 신…."

　　"불쌍하고말고…." 신이 중얼거려요.

　　그러고 나는 잠이 들어요.

　　신이 뭘 하는지는 모르겠어요.

내가 이런 광고를 보게 된다면,

구함: 비밀 업무를 맡을 비밀스러운 소년

지원할 거예요.
내가 들어가면,
"왔네, 드디어 왔어!"라며 탄성을 지르겠죠.
나처럼 비밀스러운 사람을 본 적이 없을 테니까요.
나는 그냥 비밀스러울 뿐만 아니라
속을 알 수 없어서 모두의 기대 이상일 거예요.
정말로 속을 알 수 없는 사람은 드무니까요.
다음 날 나는 비밀 업무를 시작할 거예요.
어떤 말도 해서는 안 돼요.
밤에는 입에 반창고를 붙이고 잠자리에 들 거예요.
자다가 뭐라도 말하면 안 되니까요.
누군가가 "요즘 뭐 하고 지내?"라고 물으면
어깨를 으쓱하고, 알 수 없는 표정을 지으며
대답할 거예요.
"별일 안 해."
사실을 알면 얼마나 놀랄까요!

내가 **죽음을** 무서워하지 않으면 좋겠어요.

죽음을 두려워하지 않는 사람들도 있죠.

그 사람들은 죽음이 다가오는 것을 보고도

그 자리에 담담하게 서서

"안녕하세요, 죽음 씨! 만나서 반가워요!"

라고 큰 소리로 말하죠.

그런데 그런 사람들이

천둥 번개가 치면 지하실에 숨고

쥐 한 마리 때문에 비명을 지르며 탁자 위로 올라가죠.

어쩌면 모든 사람이 무엇이 됐든

무서운 게 필요한 모양이에요.

누구나 숨을 쉬고, 먹고 마셔야 하는 것처럼요.

그렇지 않으면 죽을 테니까요.

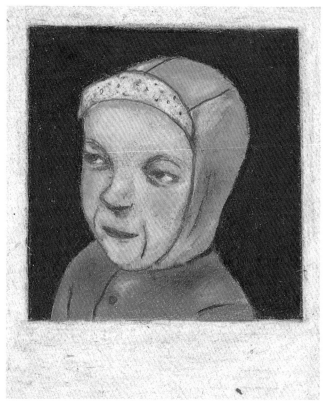

내게 언제나 알리바이가 있으면 좋겠어요.

나를 체포한다면 나는 씩 웃으며 말할 거예요.

"실망하게 해서 미안하지만,

나는 범인이 아니에요.

이게 내 알리바이예요."

나는 알리바이를 꺼내

책상에 탁하고 내려놓는 거예요.

그걸로 충분하지 않다고 하면, 다른 알리바이도 있어요.

나는 천 개의 알리바이를 가진 소년이죠.

경찰이 한숨을 쉬며 경찰서 문을 열어 주고

또 나를 풀어 주겠죠.

어떤 일이든 나는 무죄가 되는 거예요.

영원히 그랬으면 좋겠어요!

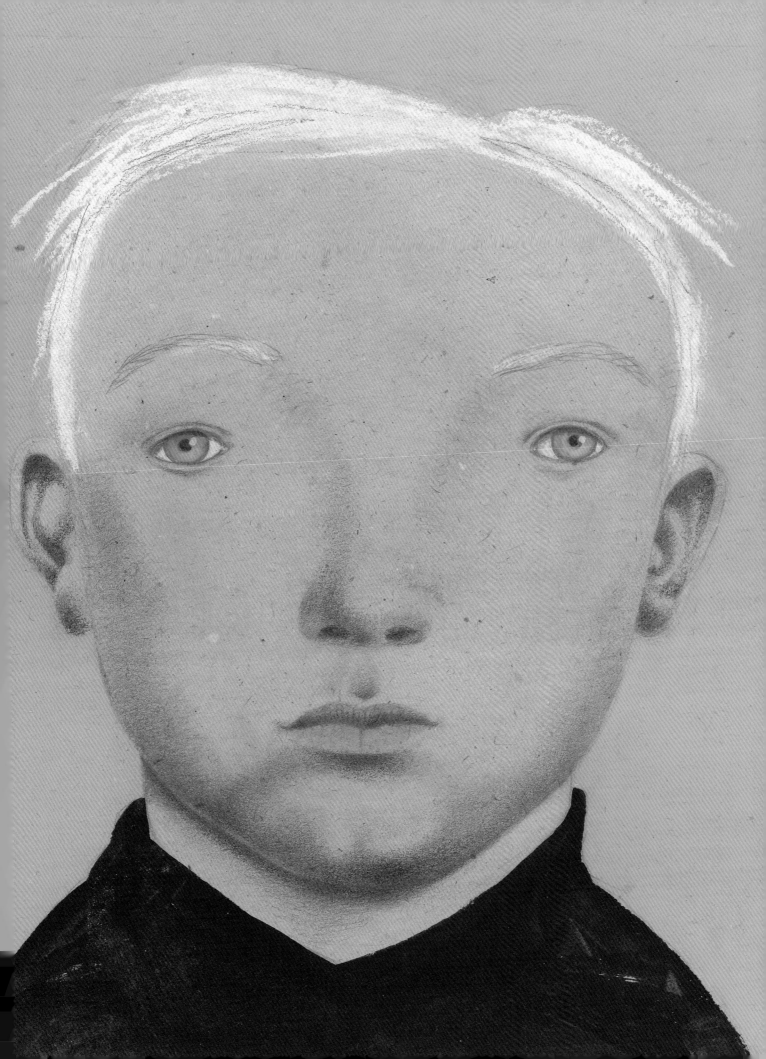

나는 얼굴이 빨개지지 않으면 좋겠어요.

얼굴이 빨개지는 건 정말 싫어요.

벌레라면 당장 발로 짓이겨 버리고 싶어요.

사람이라면 경찰에 신고하고 싶어요.

얼굴이 빨개지는 것은 범죄예요.

'얼굴 빨개짐'은 비겁하게 늘 몰래 나타나요.

살금살금 뒤로 와서 나를 잡고는

모두가 내 얼굴을 볼 때까지 들어 올린다니까요.

"쟤 얼굴이 빨개졌어! 얼굴이 빨개서 얼마나 예쁜지 몰라!"

사방에 아래와 같은

포스터를 붙여야 해요.

현상 수배, 죽었든 살았든 상관없음: 얼굴 빨개짐

그리고 그 포스터 아래에는

'얼굴 빨개짐'이 내게 저지른 짓들을 적어 놓을 거예요.

'얼굴 빨개짐'은 내 얼굴에 일어난 전쟁이에요.

나의 바람은

어느 날 어떤 담벼락 앞을 걷는 거예요.

때는 봄이고 태양은 빛나는데

갑자기 내 이름을 보면 좋겠어요.

내 이름이잖아!

내 이름 밑에는 나를 사랑하며

영원히 나만을 사랑할 거라고 써 있어요.

오, 사랑하고 사랑하며 사랑하는….

(그리고 다시 내 이름이)

그 벽엔 화살이 뚫고 지나가는 하트 모양도 그려 있는데

왼쪽 아래에는 그녀 이름이 오른쪽 위에는 내 이름이 써 있죠.

같은 학교에 다니는 그녀는 단 한 번도

내가 있는 쪽을 쳐다보지 않았어요.

나의 바람은 어느 날 그런 담벼락 앞을 걸었으면 좋겠어요.

내일 아침, 한 소년이 잠에서 깨어
　　자리에서 일어나 옷을 입고 코트를 걸치고 밖으로 나가
　　무작정 뛰기 시작해서
　　점점 빠르게 달려가 거리와 수로와 광장을 지나
　　모퉁이를 돌아 계단을 뛰어올랐으면 좋겠어요.
　　속도를 줄일 수가 없어서
　　바로 현관문을 지나고
　　문 하나를 더 지나 어느 방으로 들어갔으면 좋겠어요.
　　바로 내 앞에 그 애가 멈춰 설 때까지.
　　나는 그 방에 있어요. 방금 일어났죠.
　　그 애가 나를 보고 웃어 주고
　　두 팔로 나를 감싼 다음
　　자기가 무엇을 위해 사는지
　　드디어 깨달았다고 내 귀에 속삭이면 좋겠어요.
　　그러고 난 다음
　　이번에는 내가, 지금 나도
　　난생처음 그것을 깨달았다고 속삭이고 싶어요.

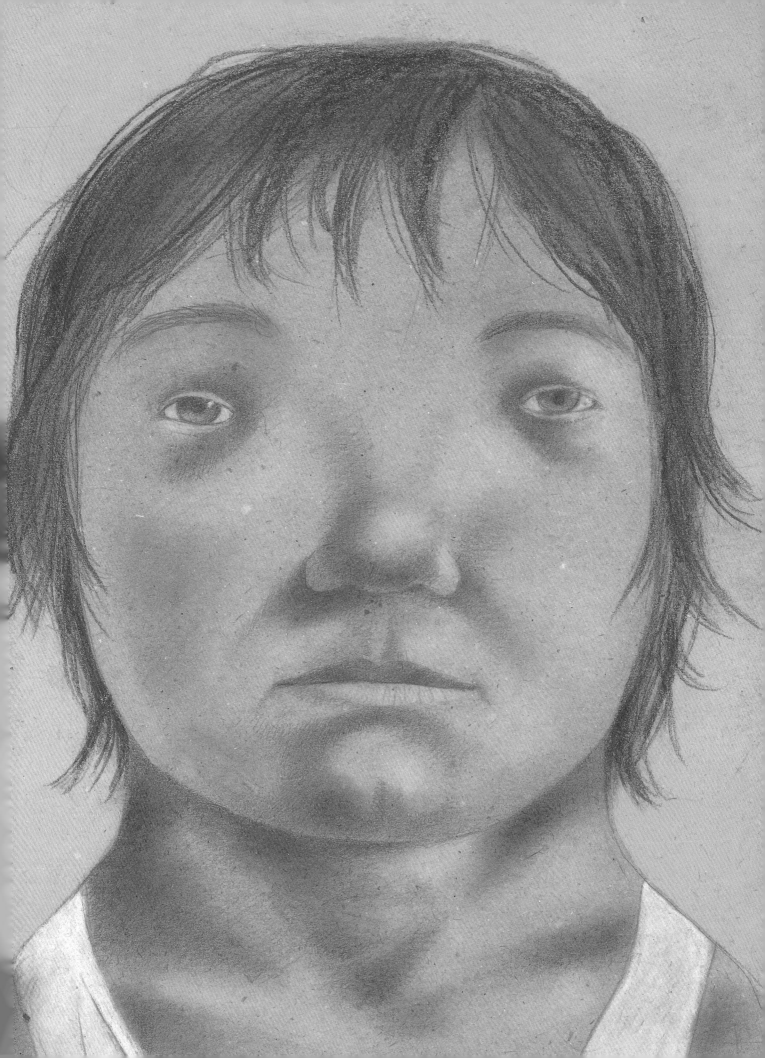

나는 용기가 더 있으면 좋겠어요.
내겐 아주 조금밖에 없거든요….
용기를 살 수 있다면
가진 돈 전부를 쓸 수도 있어요.
내게 가장 소중한 재산이 될 거예요.
평범한 용기. 영웅적이거나 무모하지 않은
흔한 용기.
사람들은 나를 보며 이렇게 말하겠지요.
"저기 저 아이 보이세요?"
"그런데요."
"저 아이가 어떤지 아세요?"
"아니요."
"용감해요. 매우 용기가 있죠."
"정말요?"
"네, 그렇다니까요."
그럼 나는 덤으로 행복도 얻게 될 거예요.

내일 학교에서

기적이 일어났으면 좋겠어요.

내가 모퉁이를 막 돌았을 때

우리 학교가 천천히

땅에서 뽑혀 나왔으면 좋겠어요.

선생님들이 전부 창문 밖으로 몸을 내밀고

"살려 줘요! 살려 줘!" 라고 소리를 치고.

선생님들 뒤로, 머리 대신 콜리플라워가 있는

외계인들이 보이는 거예요.

외계인들이 칠판을 손톱으로 찌익 긁어요.

한 외계인은 지붕에 서서 고함을 지르는데

"느크르고스타호우플로그트스크" 뭐 그 비슷하게 들려요.

아무도 외계인 말을 모르니

어디로 가는지

선생님들을 데리고 뭘 하려는지도 모르죠.

학교가 구름 속으로 사라져요. 선생님들의 비명과

칠판을 긁는 소리도 점점 사라지죠.

학교가 있던 자리에는 공터가 생기고

우리는 축구를 할 거예요.

그것 말고는 우리가 할 일이 뭐가 있겠어요.

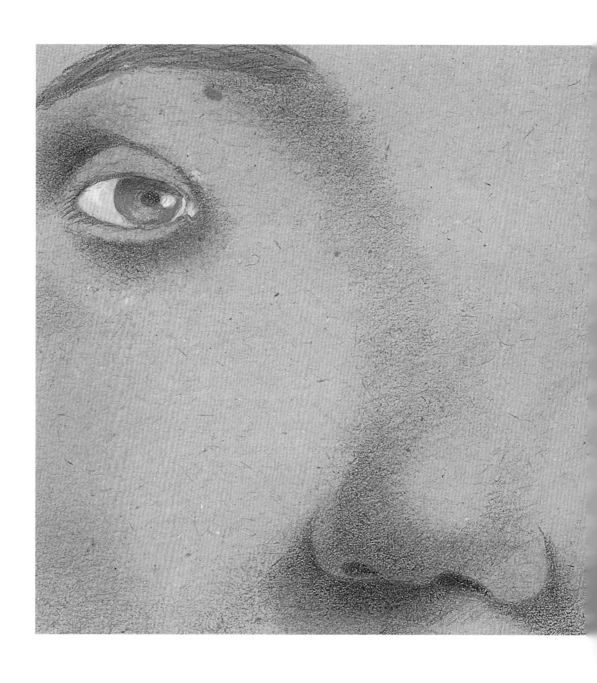

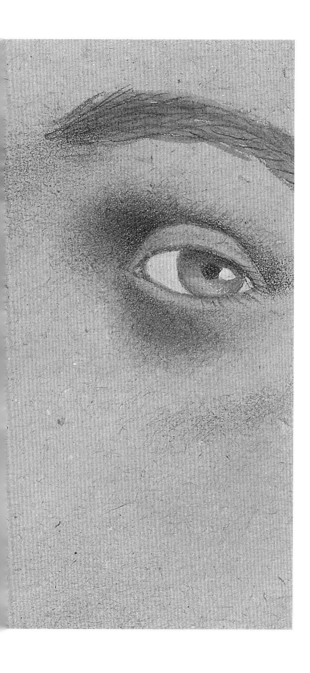

"나는 그 일을 하지 않겠습니다."

언젠가 이 말을 할 수 있으면 좋겠어요.

많은 사람. 광장에서.

제복 입은 남자들.

지붕 위 저격수.

무서운 고요함. 훌쩍이는 아이가 있을지도 몰라요.

"쉬잇! 쉬잇!"

명령. 날카로운.

모두가 숨을 죽이고

총이 장전되고.

그때 나는 앞으로 나와

부드럽지만 분명한 목소리로

또박또박 말하죠.

"나는 그 일을 하지 않겠습니다."

모두를 대신하여.

내가 나라니.

생각해 보면, 참 이상한 일이에요.

내가 다른 사람일 수는 없었을까요?

다른 어떤 것이라도?

숲에서 사방으로 기어 다니는 개미를 보고 있으면

개미가 나라고 생각하곤 해요.

그리고 한 마리를 눈으로 좇으며 상상하죠.

내가 저 개미이고 엄청나게 바쁘며 나에겐 너무 큰,

작은 지푸라기를 물고 계속 움직여야 한다고.

내 위로 거대한 생명체가 나타나더니

나를 뚫어지게 보며 햇빛을 막고 있어요.

내가 저 개미라고 상상해 봐요! 그럼 누가 나죠?

저 개미?

그런 일은 생각하지 않는 게 좋겠어요.

생각하지 않는 것이 최선인 일들이 정말 많거든요.

생각해서 좋은 일보다 더 많을걸요.

나는 슬플 때마다 생각해요.

아직 가장 슬픈 일은 일어나지 않았다고….

그러면 슬프고 무섭기까지 해요.

나는 왜 그럴까요?

기쁠 때면 그런 생각을 하지 않아요.

아직 가장 기쁜 일은 일어나지 않았다고….

기쁠 때는 그냥 기쁘기만 하죠.

나를 보고 웃는 한 여자 아이

그리고 그곳에 있는 나.

아직 일어나지 않은 가장 슬픈 일은 없어.

이렇게 생각할 거예요!

그러나 가장 기쁜 일은 있다고.

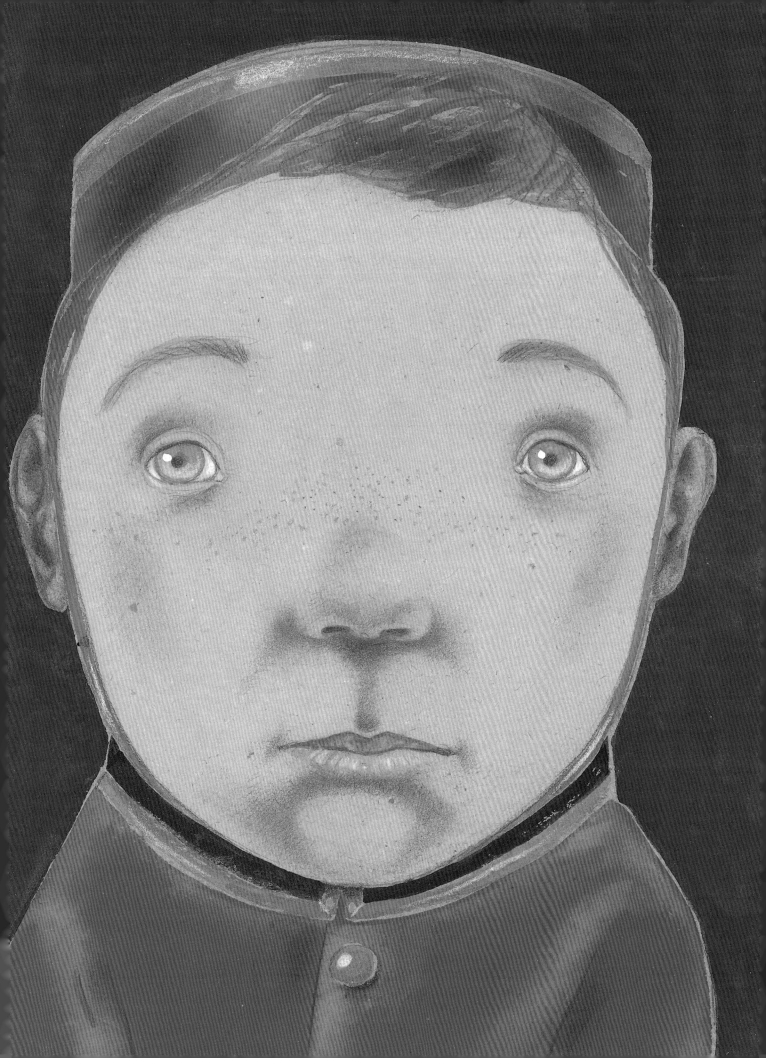

나의 바람은

과거를 바꿀 수 있는 신비한 마술봉이 있으면 좋겠어요.

내가 미워하는 사람들에게 쓸 거예요.

마술봉으로 건드리면 그들이 세상에서 사라지면 좋겠어요.

누구도 그들에 관해 들어 본 적이 없고.

아예 존재한 적도 없었던 거죠.

나는 더는 그들을 미워하지 않겠죠.

존재한 적이 없는 사람을 어떻게 미워할 수가 있겠어요?

하지만 뭔가 잘못됐다는 느낌은 들 것 같아요.

그게 뭔지는 알 수 없지만.

어쩌면 그 사람들에게 가졌던

지워진 미움이 남아서일지도 모르죠.

마치 어뢰를 맞아 바닷속으로 가라앉은

배처럼요.

잘 모르겠어요.

나는 **끔찍한** 일이 생길 때마다 바로 생각해요.

내 잘못이야.

범죄, 폭력, 사고.

내가 누군가에게 잘못된 말을 했고

그 사람이 화가 나서 다른 사람에게 아주아주 더 나쁜 말을 했고

그 다른 사람이 다른 누군가에게 말하고,

그 사람이 또 다른 사람에게 소리 지르고

그걸 당한 사람이 달아나 창문에서 뛰어내렸는데

방금 도자기 꽃병을 산 사람 위로 떨어졌고

꽃병이 떨어져 깨지고, 그렇게 그 사람들이

너무 화가 나서 참지 못하고….

미사일을 발사해 전쟁이 났을 거라고요.

전쟁이 난 건 내 책임이에요.

지진이나 홍수, 화산 폭발

이런 것들은 내가 어쩔 수 없는 일들이죠.

이런 일들이 일어나면 나는 남몰래

안도의 숨을 쉬어요. 심지어 어떤 때는

기분까지 좋은 것 같아요. (정말로 그렇다는 것은 아니지만요.)

내 생김새를 준 사람이 누구든

그 사람에게 진심으로 감사하고 싶어요.

실은 정반대예요.

나는 끔찍하게 생겼거든요.

나는 거울을 볼 때마다 생각해요.

너는 정말 못생겼어….

여자애들이 나를 지날 때면 고개를 돌려 버려요.

만약 내가 다르게 생겼다면 나를 둘러싸고 서로 밀쳐대며

너나없이 소리를 질러대겠지요.

"쟤는 내 거야!"

"아니, 내 거야!"

"내 거라고!"

"내 거야!"

그러면 나는 침착하게 잘 생각해서 선택할 거예요.

다른 남자애들은 투덜거리며

뒤에 아무도 못 태운 빈 스쿠터를 타고 가 버리겠죠.

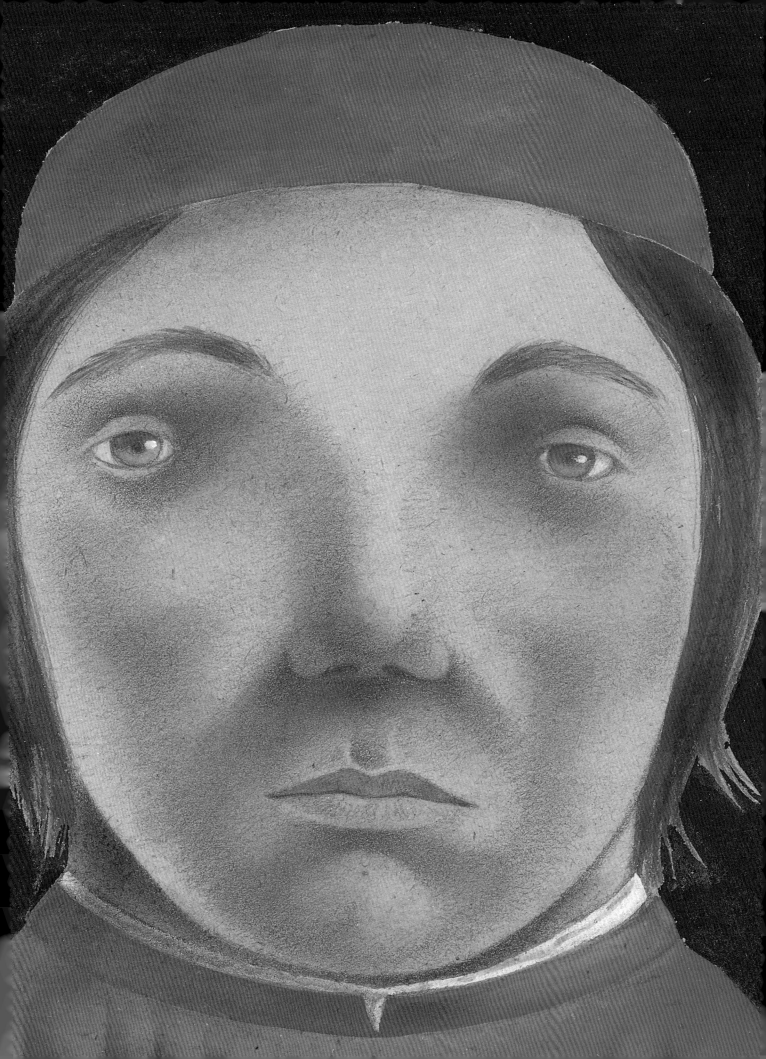

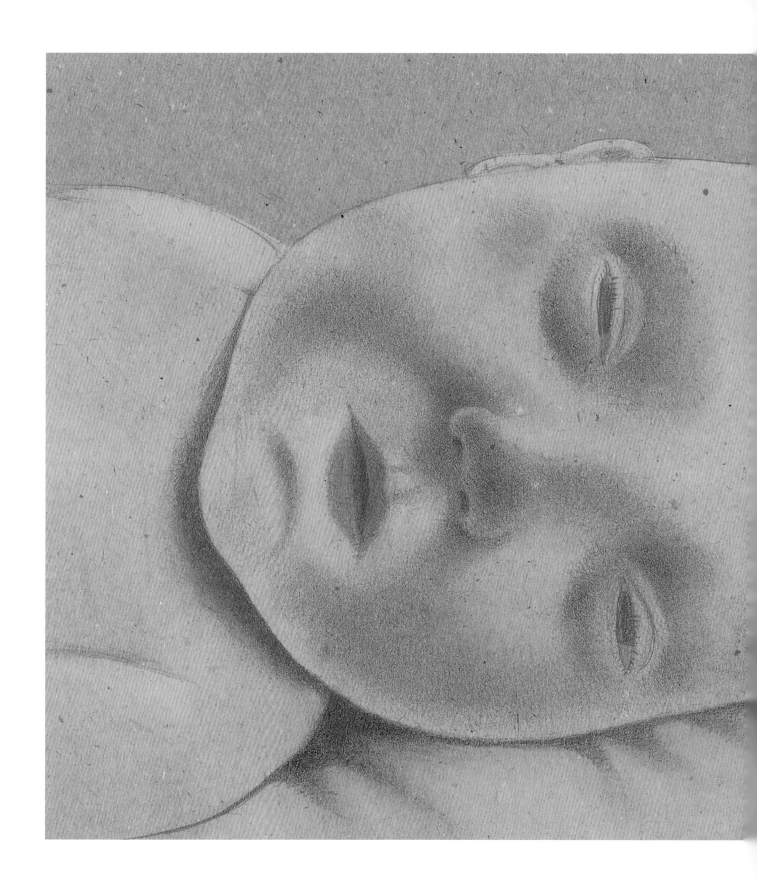

타이투스　　　TITUS

나는 행복이 물건이었으면 좋겠어요.

그것을 집으로 가져왔으면 좋겠어요.

행복을 찾았다고 아무에게도 말하지 않을 거예요.

잘 숨겨 놓고 혼자 있을 때만

꺼낼 거예요.

그리고 반짝반짝 윤이 나게 닦아 줄 거예요.

행복이 비밀이긴 해도 빛나야 하니까요.

만약 우울하고 무엇 하나 되는 일 없을 때

모두가 나를 싫어하고 두 다리가 부러지고

종기나 치통, 결막염, 수두, 성홍열 따위로 병원에 입원했을 때

이렇게 속삭이는 거예요.

"그래도 아직 내겐 행복이 있잖아. 내가 숨겨 놓은 그곳에!"

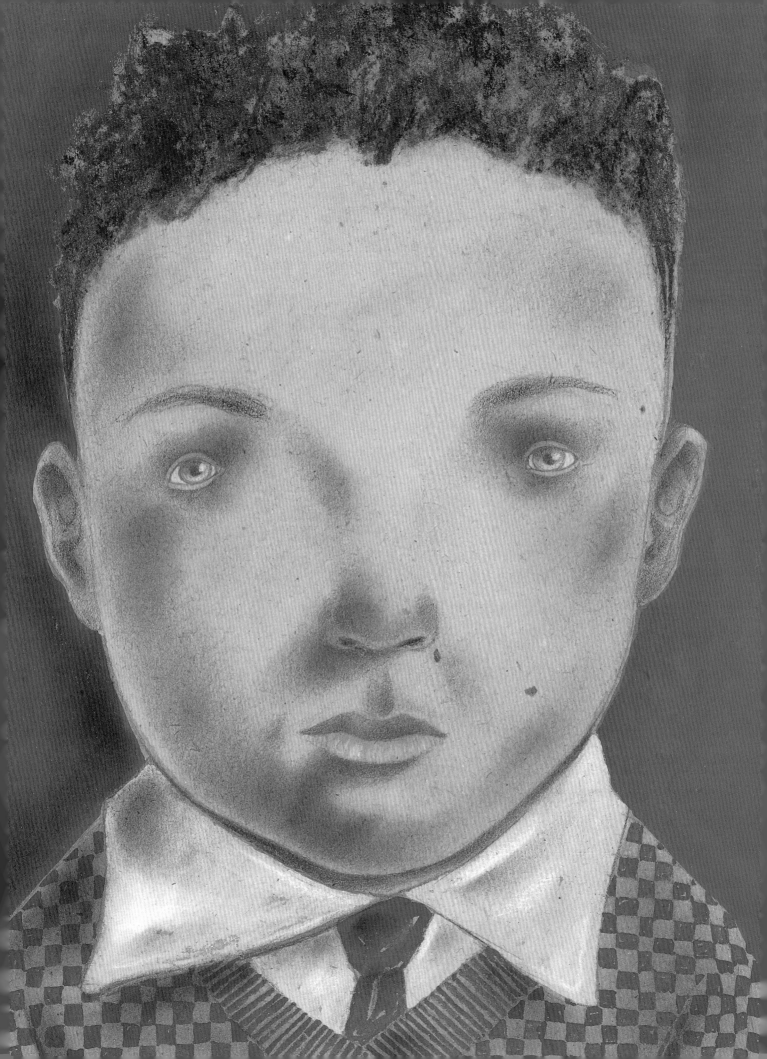

나 자신에게 만족하려면

꼭 갖춰야 할 것들이 있어요.

그 목록을 읽을 때 생각하죠.

내가 할 수 있는 일이 두 가지 있다고.

목록을 훨씬 더 짧게 만들던지

아니면 나 자신에게 만족하기를 포기하던지.

어떻게 할까요?

뱃사람(선원)　**SAILOR**

내가 음악이면 좋겠어요. 모두가 노래하고
　　　휘파람으로 불고 흥얼거리기도 하는 노래면 좋겠어요.
　　　사랑에 빠졌을 때 생각나는 그런 노래.
　　　사람들이 어쩌다, 예기치 않은 곳에서 나를 들었을 때
　　　하던 일을 멈추고 두 눈을 감고
　　　가만히 듣다가 내가 끝나면
　　　깊은 한숨을 쉬고 다시 하던 일로 돌아가면 좋겠어요.
　　　그래도 내가 완전히 끝난 것은 절대 아니에요.
　　　나는 영원히 끝나지 않아요.

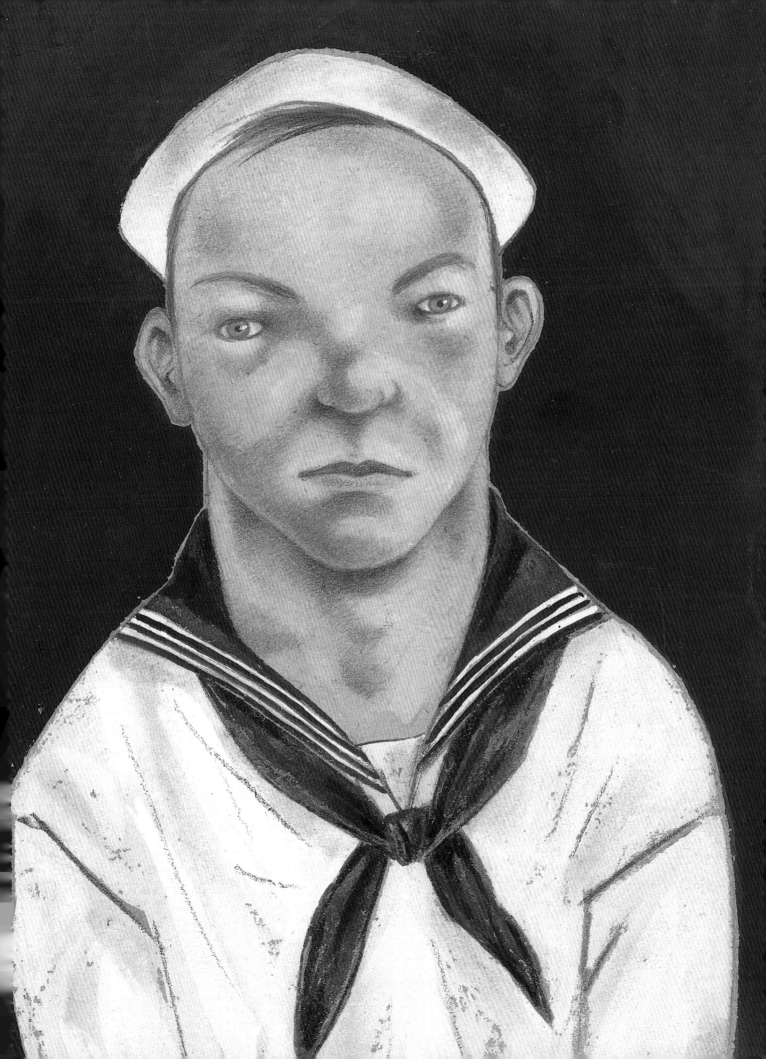

모두가 아는 것을 나만 모르면 좋겠어요.
누구나 아는 것이 뭘까요?
결국엔 모두 죽는다는 것.
그것이 바로 모두가 아는 한 가지예요.
그렇지만 나는 아니에요. 나는 모를 거예요.
세상에서 그것을 모르는 단 한 사람이면 좋겠어요.

나의 바람은

'나 자신에게 태연해졌으면 좋겠어요.

나를 떠올리면 언제나 같은 생각만 들어요.

뭔가 더 나은 생각은 없어?

이런 생각이 들면 좋겠어요.

더 나은 생각은 항상 있지요.

누구도 대답할 수 없는 질문도 정말 많고요.

나 자신을 좀 의식하지 않았으면 좋겠어요.

어쩌다 나 자신과 마주치더라도 기껏해야

고개만 끄덕이고 아무 말도 하지 않았으면 좋겠어요.

그렇게 하면 자유롭게 내 길을 갈 수 있을 것 같아요. 방해받지 않고.

생각은 하고 싶어요. 나 자신 말고 다른 생각이요.

나는 무언가 갑자기 취소됐으면 좋겠어요.
이유는 모르지만
취소되었다는 소식을 들으면 나는
탁자 위로 올라가 기쁨의 춤을 출 거예요.
춤을 추며 "야호, 취소됐어! 취소!"
라고 기쁘게 외칠 거예요.
내 생애 가장 행복한 순간일 거예요!
그런 기분을 매일 느끼면 좋겠어요.
다만 내가 기뻐한다는 걸 아무도 몰랐으면 해요.

나는 혼자였으면 좋겠어요.

아니에요, 그것도 여전히 많아요.

그냥 나도 아무것도 아니면 좋겠어요.

내가 방에 앉아 있고, 누군가 들어와서

방을 한 번 둘러보고 말하죠.

"아니, 여기 없는데. 아무도 없어."

그래도 한 사람에게만은 무엇인가가 되고 싶어요.

잠시 후 들어와서

조용히 문을 닫는 그녀에게는요.

나는 친구가 있으면 좋겠어요.

우리 둘 다 위험을 무릅쓰고 서로의 목숨을 구해 주면 좋겠어요.

우리 중 하나는 바다에서 구하고, 다른 하나는 불타는 집에서 구하고.

우리는 이미 의식을 잃었어요.

그리고 우리가 서로 지구 반대편에 살더라도

언제나 서로의 가장 친한 친구로 지내는 거예요.

그런 친구를 찾고 있어요.

하지만 집에 불을 내거나 바다 멀리 나가서

누군가 우연히 배를 타고 지나가기를 바라는 건

너무 위험하잖아요.

게다가 내가 불난 집이나 거친 바다에서

사람을 구할 만큼 용감한지도 모르겠고요.

나는 '좋아'라고 말하고 싶어요.

태양은 빛나고 누가 내게 바닷가에 가자고 해요.

바닷가에 가고는 싶지만

나는 "싫어"라고 해요.

다른 누가 축구를 하자고 해도.

싫어.

영화를 보러 가자고 해도.

싫어.

또 다른 누군가 물어요.

친구가 될 수 있겠냐고.

싫어.

그럼 우린 적이야?

아니.

글로 '좋아'라고 쓰는 건 아주 잘해요.

좋아. 좋아, 당연하지. 그렇고말고. 오, 좋아!

하지만 '좋아'라고 말하는 건 너무 힘들어요.

내가 한 번도 아픔을 느껴 본 적이 없다면

누구도 내게 아픔이 뭔지 설명할 수 없을 거예요.

아픔은 어떤 것과도 비교할 수가 없으니까요.

딸기는 먹어 본 적이 없더라도

누군가 딸기 맛이 어떤지

대충은 설명할 수 있지요. 그러니까

체리와 사과 중간 맛 같다든가.

어떤 것도 아픔에 가깝지 않아요.

슬픔도 거리가 멀어요.

그래도 모두가 아픔이 뭔지 알아요. 저도요.

욱신거리는 손가락의 아픔. 치통.

두통. 복통. 귓병.

부러진 다리와 손톱 밑에 피가 나는 아픔.

세상에는 그 어떤 것보다 많은 고통이 있으니까요.

나는 진짜진짜 특이한 반려동물이 있으면 좋겠어요.

누구에게도 없는 반려동물.

가령 코뿔소 같은 거요.

코삐라고 부를 생각이에요. 코뿔소 코삐.

늦은 오후 엄마가 묻겠지요.

"코삐 좀 산책시켜 줄래?"

그러면 우리는 집 뒤 공원에 갈 거예요.

코삐하고 나하고.

사람들이 빤히 쳐다보겠지요.

"네 코뿔소니?"

"만져도 돼?"

"그럼요."

사람들은 코삐 등을 조심해서 톡톡 쳐 볼 거예요.

내가 피곤할 때면 코뿔소 등에 타고

코뿔소 목에 팔을 두르고 타닥타닥 집으로 오겠지요.

밤에는 코뿔소가 내 침대 옆에 서 있을 거예요.

코뿔소 뿔에 내 바지를 걸어놔도

코삐는 전혀 싫어하지 않을 거예요.

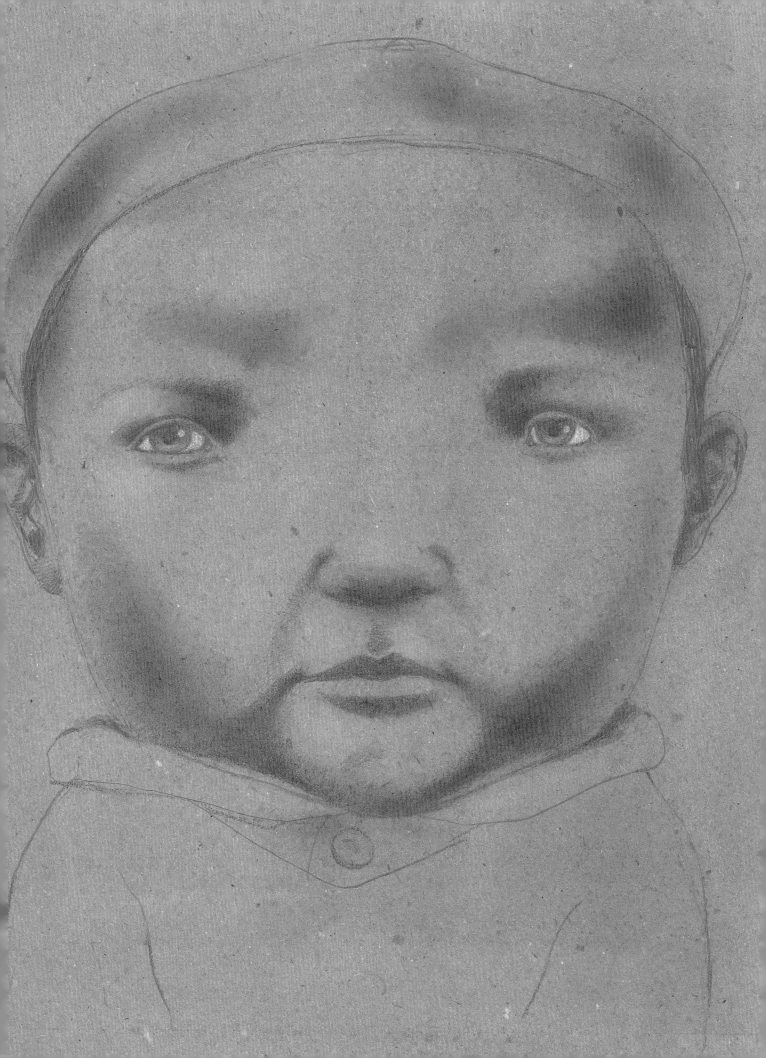

나의 바람은

나 자신을 믿었으면 좋겠어요. 나는 믿을 수 있는 사람,

내 비밀을 나눌 수 있는 사람이란 걸 내가 알았으면 좋겠어요.

한밤중에 나를 깨워서 내가 아직 모르는

내 모든 비밀을 나에게 털어놓고 싶어요.

그런데 나 자신을 못 믿겠어요.

나를 그냥 자게 둬요.

밤이 추워요.

나는 나에게 이불을 하나 더 덮어 주었어요.

나는 아직도 어둠 속에 있어요.

나는 뭔가와 싸우고 싶어요.
　　그게 뭔지는 아직 정해야 하지만요.
　　그래도 부당함은 아니에요.
　　모두가 부당함과 벌써 싸우고 있으니까요.
　　나는 아무도 싸우고 있지 않은
　　무언가와 싸우고 싶어요.
　　허영심은 어떨까요.
　　아니면 간질이기.
　　나는 간지럼이 정말 싫거든요.

베르트　　　BERTHE

내가 지금의 나보다 조금만 더 귀엽고,
　　더 친절하고, 더 다정하고, 더 재미있고, 더 행복하고,
　　더 멋지고, 더 용감하고, 더 똑똑하고
　　더 머리가 좋고, 더 흥미롭고, 더 특이했으면 좋겠어요.
　　그러면 누군가 이렇게 말하는 거예요.
　　"에이 아냐, 전에도 너는 그대로 딱 완벽했어."
　　내가 그래요! 알고 있다니까요!

내가 사거리에 서 있고

내 앞에 두 개의 텅 빈 길이 놓여 있으면 좋겠어요.

그런데 내가 그런 생각을 하려고 멈춰 서면

언제나 나는 사거리에 서 있고 언제나

두 개의 텅 빈 길이 내 앞에 놓여 있어요.

세 개, 네 개의 길일 때도 있어요. 곧게 뻗은 길, 바람이 부는 길,

미루나무가 늘어선 길, 데이지와 민들레가

길가에 피어 있는 길, 쐐기풀이 나 있고 철조망이 있는 길.

나는 그런 길들이 어디로 가는지 알 수 없어

고르지 못해요.

그 누구라도 모른다고 생각하며 자신을 위로하죠.

그리고 그중 하나를 따라 걸어요.

어느 길이든 상관없어요. 어딘가에는 도달할 테니까요.

알렉스   **ALEX**

나는 다시 되돌아갈 길이 있어서, 다른 사람이

모두 쉬지 않고 갈 때 나는 멈췄으면 좋겠어요.

"너는 안 와?"

"응. 나는 돌아갈 거야."

"그럴 수 없잖아!"

하지만 그럴 수 있어서 나 혼자 돌아가면 좋겠어요.

어제를 지나고 그제를 지나고

지난주와 지난달, 작년을 지나.

나는 내가 정확히 어디로 가는지 알아요.

그곳에 가서 주위를 둘러보면

모든 것이 눈에 익어요. 그리고 다른 길을 택할 거예요.

길옆에 도랑이 아니라 배수로가 있는 굽어진 길을.

그러고 나서 다시 오늘로 돌아오면

어느 것도 똑같지 않을 거예요.

사람들은 말하죠. "한 가지 길밖에 없어.", "이쪽이야."

모두 앞을 가리켜요.

나는 한마디도 하지 않아요.

나를 알아주지 않았으면 좋겠어요.
　　사람들이 나를 못 보고 지나가고
　　관심 없다는 듯 다시 보는 법 없이 나를 지나갔으면,
　　손에 앉은 초파리처럼 나를 불어 버리고
　　레모네이드 컵에 빠진 말벌처럼 칼끝으로 나를 튕겨 냈으면
　　나를 까맣게 잊어버렸으면 좋겠어요.
　　그러다가 어느 날 아침 내가 갑자기
　　사람들을 깜짝 놀라게….

　　(어떻게 놀라게 할지는 아직 생각 중이에요.)

비올레타 VIOLETTA

나는 삶이 무엇인지 알면 좋겠어요.
어쩌면 내가 붙잡고 있는
마지막 지푸라기일지도 몰라요.
다른 모든 사람처럼 나도, 삶이
수많은 짚이 바람에 흔들리고,
끝없이 펼쳐진 밀밭과 그 사이사이로
양귀비꽃과 해바라기가
활짝 핀 모습이라고 생각하죠.
드넓은 하늘에는 태양이 내리쬐고
구름이 뭉게뭉게 뭉쳤다 다시 흩어지는
광활한 들판이라고 생각하기도 하죠.
그러나 인생은 해 질 녘 작은 땅에 홀로 선
어린 짚일 뿐이에요.
나는 그 짚을 꼭 붙잡고
놓지 않을 거예요.

내가 해야 한다면

세상을 구하겠어요.
누군가 내게 와서
"세상을 구해 주겠어요?"라고 물으면
"언제요?"
"지금요."
"지금요?"
"네, 지금 당장이요. 한시가 급해요!"
나는 조금도 망설이지 않고 어떻게 구하는지 묻지도 않고
세상을 구할 거예요. 물어볼 시간도 없으니까요.
너무 까다롭지 않기만을 바랄 뿐이죠.
너무 어려우면 구하지 못할 것이고 세상은 망할 거예요.

내가 **멈출** 수 있는 일이 있으면 좋겠어요.

'이제 그만하자'라고 할 수 있으면 좋겠어요.

뭐가 될지는 모르지만

분명히 그런 일이 있을 거예요.

어느 날 나는 깨닫겠죠.

인제 그만해야겠어!

태양은 빛나고 나무에는 꽃이 만발하고

새들은 노래할 거예요.

나는 슬슬 일손을 늦추고 잠깐 기다리다가

기분 좋게 고개를 끄덕이고 말할 거예요. "자, 그럼…"

그리고 그만할 거예요.

완벽한 날.

그 후로 다시는 아무것도 바랄 게 없고

언제나 4월일 거예요.

이른 4월.

1930년대에 찍은 가족사진

네덜란드 켐펀에 사는 아버지의 가족이 회색 배경 앞에 줄지은 모습이다. 사진 속, 조부모님의 주변으로 다들 멋지게 옷을 빼입고 서 있다. 사진은 오래됐지만, 오래된 사진 속 모두 너무나 어려 보인다. 여섯 명의 살아남은 아이들은 키 순서대로 조부모님 주변으로 앉거나 서 있다. 모두 가장 멋진 옷을 빼입고, 머리를 단정하게 빗어 넘기고, 손은 무릎에 올리고 있다. 여자아이가 둘, 남자아이가 넷이다.

모두 자세를 잡은 채 움직이지 않고 있다. 익숙하지 않은 환경과, 조이는 옷 때문에 편치는 않아 보인다. 모두 사진사와 그 뒤의 새를 똑바로 바라보고 있다. 입을 꼭 다물고 있다. 과하게 심각한 모습이다. 당시에는 '치즈'를 외치며 웃음을 짓는 문화가 없었나 보나. 여덟 명의 찰나가 사진 속에 영원히 박제됐다.

잉그리드 고돈의 초상화 갤러리

서른세 개 얼굴이 있다. 크기도 하고 작기도 하고. 어딘가를 바라보거나 집중한 얼굴이다. 아기들, 그보다 조금 큰 소년 소녀들, 성인 남성과 여성 그리고 선원까지. 이미 유행이 지난 머리모양과 옷차림이다. 그중, 동그란 눈을 가지고 숱이 많지 않은 금발의 소년이 우리 아버지일 수도 있겠다. 화려한 디자인의 하얀 블라우스를 입고 있는 여성은, 나의 할머니일까? 초상화 속 얼굴들은 어른과 아이할 것 없이 입을 꼭 다문 채 앞을 똑바로 바라보고 있다. 잉그리드 고돈이 그린 초상은 눈 속에 생각, 감정 그리고 그늘까지도 교묘하게 감추고 있다. 초상화 속, 미간이 이상할 정도로 넓은, 빠져들 수밖에 없는 그 눈이 그녀 초상화의 특징이 됐다.

모든 초상화는 누군가의 이야기를 담고 있다. 바람, 슬픔, 경탄, 공포, 꿈 그리고 실망까지. 이 초상화들에도 활짝 웃는 모습은 없다. 눈처럼 하얀 치아 그리고 생기도 찾을 수 없다. 밝은 빛깔의 머리카락 아래, 화가 난 눈초리를 한 얼굴만 있을 뿐이다. 얼굴을 확대해 그린 초상화 속 소년은 회의적인 눈초리로 우리를 바라보고 있다. 볼이 통통한 소녀의 얼굴은 마치 우리에게 무언가를 묻고 싶어 하는 얼굴이다. 반짝반짝 빛나는 눈초리의 분홍빛 모자를 쓴 아이는 의심스럽다 못해 경멸까지 담은 눈초리로 나를 쳐다본다. 현실적이지 않은 이미지들이다.

잉그리드 고돈은 타고난 관찰자다. 사람들을 관심 있게 지켜보는 일을 즐긴다. 어릴 때부터 그러했고. 잉그리드는 사람의 눈, 얼굴 그리고 자세를 '읽고' 그 기억을 저장한다. 그녀가 좋아하는 일은, 누군가의 외모와 입매에 담긴 비밀의 해독이다. 잉그리드는 위대한 이탈리아 르네상스 화가들과 플랑드르파 화가들이 그린 초상에 매혹당했다. 그녀는 그 초상에서 절제된 감정과 극적인 유약함을 읽어낸다.

잉그리드는 오래된 가족사진을 흥미롭게 바라보기도 한다. 그녀는 벨기에 보리나주에 있는 사진작가 노르베르트 히소란트의 스튜디오에서 촬영된 초상화에서 감정을 읽는다. 노르베르트의 사진은 촬영 후 약 2세기가 지난 후에야 예술 사진으로 인정받게 됐다. 또한 잉그리드는 가족사진 속에서 보았던 진지함, 어색함 그리고 연민을 자신의 그림 속 초상화에 담았다.

일련의 짧은 글들. 톤 텔레헨은 많은 얼굴 이면에 담긴 자신의 이야기를 추구하고 찾아냈다. 그는 이 작품에서 수많은 얼굴들이 자신에게 속삭인 이야기를 공유한다. 이 이야기 속에서 무언가를 바라기도 하고 바라지 않기도 한 바로 그 소년, 또는 소녀가 되는 것이다. "진정한 불가사의함이란 극히 드뭅니다." 그가 이렇게 말했다. "나는 용기가 더 있으면 좋겠어요. 영웅적이거나 무모하지 않은 보통의 용기."

그만의 방식으로 쓰인 감정적인 사색은 초상화 속 누군가의 시선이 담은 두려움, 분노, 욕망 그리고 슬픔을 놀라운 그만의 언어로 전달한다. 잉그리드 고돈의 그림을 완벽하게 반영하는 것이다.

이 책은 새로운 시각 요소와 문학을 이용한 거장과 오랜 사진 속 추억의 놀랍도록 아름다운 미니어처다. 매우 예민한 기록 속에 영원히 남아 있을 고요한 호사다.

아네미 레이센Annemie Leysen

나의 바람

개정판 발행 2024년 10월 15일

그림 잉그리드 고돈
글 톤 텔레헨
옮긴이 정철우
펴낸이 김숙진
디자인 손현주
펴낸곳 삐삐북스
출판등록 2020년 7월 16일 제2021-000293호

주소 서울시 마포구 모래내로1길 17, 911호
전화 편집부 070-7590-1961 마케팅 070-7590-1917
팩스 031-624-1915
전자우편 p_whale@naver.com

ISBN 979-11-971451-5-5 03850